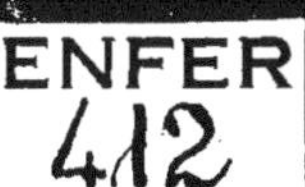

L'ENFER

DE

JOSEPH PRUDHOMME

L'ENFER

DE

JOSEPH PRUDHOMME

(HENRY MONNIER)

C'EST A SAVOIR

LA GRISETTE ET L'ETUDIANT

DEUX GOUGNOTTES

DIALOGUES AGRÉMENTÉS D'UNE FIGURE INFAME

ET D'UN AUTOGRAPHE ACCABLANT

PARIS

A LA SIXIÈME CHAMBRE

LA GRISETTE
ET L'ETUDIANT

PIÈCE EN UN ACTE (1)

(1) Cette petite comédie a été jouée, en 1862, par l'auteur lui-même, sur un théâtre de société. — Voir le livre intitulé : *Le Théâtre érotique de la rue de la Santé ; son histoire.* In-18, 1866.

PERSONNAGES

L'ÉTUDIANT.
LA GRISETTE.
LA VOIX DE M. PRUDHOMME.

—

La scène se passe à Paris, dans une chambre meublée, rue de la Harpe, en 1830 au plus tôt, en 1840 au plus tard.

Mardi à midi, Je serai chez toi plutot avant,
u'après. Aime-moi toujours comme je t'aime,
ois toujours bien sage et bien raisonnable,
as trop cochon, si nous voulons, nous ferons
es bêtises

Onze heures 10 — Elle reviendra par
Mardi, à midi — Elle n'est pas en retard —
Mettons sa chaise.

Onze heures et demie — Je serai chez toi
lutôt avant qu'après.

LA GRISETTE

ET L'ETUDIANT

L'ÉTUDIANT

(*Lisant une lettre*).

«... Mardi, à midi, je serai chez toi, plutôt avant qu'après. Aime-moi toujours comme je t'aime. Sois bien sage et bien raisonnable, mais pas trop cochon. Si nous voulons, nous ferons des bêtises... » (*Parlé.*) Onze heures dix... Elle ne viendra pas. (*Relisant.*) «... Mardi, à midi... » (*Parlé.*) Elle n'est pas en retard... Mettons sa chaise... Onze heures et demie ! (*Relisant.*) «... Je serai chez toi plutôt avant qu'après... » (*Parlé*). Onze heures trois quarts !... (*On entend* toc, toc, *à la porte.*) Qui est là ?...

UNE VOIX FLUTÉE

Moi !

L'ÉTUDIANT

(*Faisant semblant de ne pas la reconnaître*).

Qui ça, vous ?...

LA MÊME VOIX FLUTÉE

Moi !!!...

(Il ouvre. Entre la grisette, rouge comme une pivoine qui aurait monté six étages).

LA GRISETTE

Bonjour, mon chien. Comment ça va ?... Dieu, que c'est haut ! Je suis tout essoufflée... Et ta portière qui me demande toujours où je vais, comprends-tu ça ?... Elle me fait répéter pour me faire endêver... aussi, je l'abomine, cette vieille bosco-là !... M'embrasses-tu ?... Laisse-moi ôter mon chapeau.

L'ÉTUDIANT

(Avec l'empressement de l'homme qui bande).

Donne-le-moi, mon ange.

LA GRISETTE

(Se débarrassant de son chapeau).

Tiens... M'aimes-tu, tit chat ?... Viens m'embrasser.

L'ÉTUDIANT

(Qui la tient dans ses bras).

Oui...

LA GRISETTE

(Avançant son petit museau contre les lèvres de son amant).

Nous serons bien sages, par exemple !

L'ÉTUDIANT

(Qui bande plus que jamais, lui faisant une langue).

Oui...

LA GRISETTE

Ah ! pas comme ça, tit chat, pas comme ça... Ah ! t'es cochon !... Pas la langue, non, t'en prie, pas la langue... Devine ce que j'ai sous mon châle ?...

L'ÉTUDIANT

(Qui bande trop pour deviner quoi que ce soit).

Des bretelles brodées par toi?...

LA GRISETTE

(Qui s'est soustraite, pour un instant, aux langues de son amant, et qui sautille dans la chambre comme une bergeronnette).

Non... Dans un pot?...

L'ÉTUDIANT

Des bretelles... dans un pot?...

LA GRISETTE

(Riant aux éclats).

T'es bête ! Dans un pot, c'est du raisinet que maman m'a envoyé pour mon hiver... Tu l'aimes, le raisinet, n'est-ce pas, gros minet ? Nous le mangerons.

L'ÉTUDIANT

(Qui n'a d'autre préoccupation que de baiser la grisette).

Oui...

LA GRISETTE

(S'arrêtant devant la cheminée).

Tiens ! où est donc ta pendule?...

L'ÉTUDIANT

Chez l'horloger.

LA GRISETTE

Et le verre aussi, n'est-ce pas?... Elle est chez ma tante !...

L'ÉTUDIANT

J'en ai peur.

LA GRISETTE

(Boudeuse).

Ah ! oui, je sais... C'est pour l'autre jour, avec ta

madame Machin, que vous avez été à Meudon me faire des queues... (*Avec élan.*) J'avais justement de l'argent, vingt-cinq francs... je te les aurais prêtés !...

L'ÉTUDIANT

(*Qui est parvenu à l'attirer sur une chaise*).

T'es bête, va !...

LA GRISETTE

Baisez-moi vite, mauvais sujet... Baisez-moi !... (*Il lui fait une langue prolongée.*) Non... pas comme ça, mon chien, pas comme ça... t'en prie !... Recommencez... Pas de bêtises, tit chat !... t'en prie !... (*Il lui pince amoureusement le cul.*) Je veux pas... non !... travaille !... (*Il lui patine la poitrine.*) Non... laisse-moi... te dis... Je viens ici pour que tu travailles... Je vais me mettre à côté de toi... (*Elle saute sur une chaise voisine.*) C'est ça... sois bien zentil !... Y a-t-il longtemps que je t'ai vu !... Baisez-moi, vilain méchant... baisez-moi mieux que ça... Dis donc, a-t-elle autant de gorge que moi, ta madame ?...

L'ÉTUDIANT

(*Qui en a plein les mains.*)

Hou ! Hou !...

LA GRISETTE

(*Se cambrant pour mieux faire saillir ses tétons*).

Je suis sûre qu'elle ne se tient pas comme la mienne... C'est que tu n'en trouveras pas comme ça tous les deux jours, sais-tu, tit chat ? Non !... Elle est mieux mise, ta dédame, mais elle n'a pas mon corps... Tiens, vois mes nénets, comme ils sont engraissés... (*Elle les met à la fenêtre de son corsage.*) Les aimes-tu, mes pommes?... *(Il les branle du doigt et de la langue.)* Oh! non... n'y touchez pas, monsieur!... Je veux les conserver longtemps... Non, t'en prie... Ah!... Non... tit chat... non... Travaille... Ah!... cochon!...

L'ÉTUDIANT

(L'attirant sur ses genoux, et lui retroussant sa robe).

Mais je travaille aussi.

LA GRISETTE

(Se défendant mollement).

Pas ce travail-là... Je veux que tu soyes raisonnable... *(Il lui écarte les cuisses.)* Eh bien!... Eh bien! où vas-tu comme ça?... Qu'est-ce que tu fourrages là-dedans?... Ah! comme t'es cochon! comme t'es cochon!... Je ne veux pas, non... je te connais: quand tu l'as fait, tu me renvoyes... Non... t'en prie! Non... te dis... tit chat... Non!... Non!... pas comme ça... ça me tire l'estomac... *(Il la branle.)* Laisse mon bouton... mon tit bouton... Bien!... Ah!... oui!... *(D'une voix languissante.)* Travaille...

L'ÉTUDIANT

(Remplaçant son doigt par sa pine).

Je travaillerai après...

LA GRISETTE

(Qui commence à faire ses yeux blancs).

Non... tit chat... Sais bien ce que t'as fait l'autre fois... Non! Oh! non!... Faut donc toujours vous céder?... Oui... tu veux le faire... Ah!...

L'ÉTUDIANT

(Poussant sa pointe).

Oui...

LA GRISETTE

Sur le lit, mon chien... sur le lit... on est mieux pour faire ça... (*Il la porte sur le lit, et commence l'assaut avec une certaine furie.*) Attends... attends donc que je relève ma robe dessous... tu veux donc tout me déchirer!... Tiens... me voilà... Va... Pas comme ça, donc! tu vas chez le voisin... Laisse-moi le conduire... Na!... Attends, mon petit homme... Oh!... attends!... Faisons-le longtemps, bien longtemps; n'est-ce pas, tit chien?... Tu y es... Me sens-tu?...

L'ÉTUDIANT

(*Jouant avec vigueur des reins*).

Oui...

LA GRISETTE

(*Jouissant, et ne pouvant retenir ses soupirs de bonheur, qui ressemblent au cri du geindre*).

Han!... han!... han!... Que c'est bon!... Je jouis!... Va!... Han!... Ah! que c'est bon...

L'ÉTUDIANT

(*Jouissant aussi, mais plus silencieusement*).

Cher ange!... je t'aime!...

LA GRISETTE

(*Répondant aux coups de pine de son amant par autant de coups de cul*).

Tu... m'ai...meras... tou... toujours?...

L'ÉTUDIANT

(*Qui n'est pas encore désarçonné*).

Oui...

LA GRISETTE

(*Au paroxisme de la jouissance, et criant*).

Va!... va!... va!... petit homme... Pas tout de suite...

Pas encore... Ah ! cela vient... Tu me mouilles... Ah ! comme je jouis, mon Dieu ! comme je jouis !... Ça me va dans la plante des cheveux... Ah !... oui !... tue-moi !... Ah ! tue-moi... Ah ! tue-moi !...

LA VOIX DE M. PRUDHOMME

Pas d'assassinat dans la maison, s'il vous plaît !... Eh ! là-bas, avez-vous bientôt fini vos turpitudes ?...

LA GRISETTE

(*Gigottant toujours*).

Qu'est-ce qu'est donc là, à côté ?

LA VOIX DE M. PRUDHOMME

Vous allez me porter à de regrettables attentats sur ma personne...

(*Les deux amants, qui n'ont pas encore tout-à-fait fini, ne soufflent mot ; le lit seul parle pour eux, éloquemment*).

LA GRISETTE

(*Dans les dernières convulsions du bonheur*).

Qu'est-ce qu'est donc là, à côté ?

L'ÉTUDIANT

(*Limant encore, pour l'acquit de sa conscience, car il ne bande plus aussi raide*).

Une vieille bête !...

LA GRISETTE

(*Qui bande toujours*).

Nous le faisions si bien !... Je voudrais recommencer... Et toi, tit chat ?...

L'ÉTUDIANT

(*La branlant, pour laisser un instant souffler sa pine*).

Moi aussi...

LA GRISETTE

(*Qui est pour la jouissance sérieuse, et non pour les à-peu-près*).

Pas comme ça !... Polyte, mon Lilyte, ôte ta main, ôte ta main... Non ! veux pas..... Ote ta main... t'en prie !...

LA VOIX DE M. PRUDHOMME

Hippolyte, ôtez donc votre main !

L'ÉTUDIANT

(*A M. Prudhomme*).

Vous n'allez pas nous foutre la paix, vous !...

LA VOIX DE M. PRUDHOMME

Très-bien, monsieur... Vous me faites sortir de mon lit... J'abandonne la place... Je vais achever ma sieste dans une chambre voisine, pendant que vous achèverez vos impudicités dans la vôtre...

L'ÉTUDIANT

Enfin, il est parti, cet imbécile... Qu'est-ce que nous disions déjà ?...

LA GRISETTE

(*Qui ne perd pas son sujet de vue ni de main*).

Nous disions, tit chat, que nous faisions des bêtises... Je voudrais bien vous embrasser... Donnez-moi votre petit bécot..... (*Lui pelotant les couilles et lui chatouillant le membre.*) Je veux voir si vous êtes en état (*S'apercevant qu'il bande*)... Oui, vous êtes en état, cochon !... (*Avec admiration, et voulant profiter de l'occasion.*) Il est plus fort qu'il n'était tout-à-l'heure... Et dur ! on dirait du fer !... Comment une si grosse affaire ne vous crève-t-elle pas le ventre quand elle entre ?... (*Elle s'en empare avidement et se l'introduit.*)

Attends, mon chien, attends... Ça y est bien, à présent... Va!... Ah!... maman... Ah! maman!... maman!...

L'ÉTUDIANT

(*Qui jouit plus silencieusement, mais tout aussi profondément*).

Ah ! cher ange! cher ange!...

LA GRISETTE

(*Nageant dans un lac de félicités*).

Oh ! va ! va!... Mais va donc!... Pousse, tit homme... pousse!... mais pousse donc!... Ah! comme je te sens bien!... Ah ! maman, maman, que c'est bon!... Comme tu fais bien ça, mon chéri... As-tu autant de bonheur que moi?... Parle-moi, t'en prie... Ah! que c'est bon!... Dis que tu m'aimes bien... mais, là, bien!

L'ÉTUDIANT

(*Poussant toujours*).

Oui...

LA GRISETTE

(*Tortillant des fesses*).

Dis-le toi-même!...

L'ÉTUDIANT

Je t'aime bien.

LA GRISETTE

(*Suppliante*).

Donne-moi ta langue... ta chère bonne petite languette... (*Impérieusement.*) Ta langue ! ta langue! Ah! mon minet... Ah!... ah!... ah!...

L'ÉTUDIANT

Ma poulette!...

LA GRISETTE

(*Pâmée*).

Ta poulette, oui... Ta petite poule chérie... Ta... ta... poule... chérie...

L'ÉTUDIANT.

Oui...

LA GRISETTE

(*Faisant casse-noisette*).

Sens-tu comme je te le serre?... Va au fond... bien au fond... Pousse, mon petit homme... pousse... Tu me diras quand ça viendra...

L'ÉTUDIANT

(*Précipitant ses coups*).

Oui...

LA GRISETTE

(*Suppliant*).

Pas sans moi! pas sans moi!... Ensemble!... jouis... jouissons... ensemble.... bien... ensemble!... Oh!... maman!... maman!... maman! que c'est bon!... Tue-moi!... tue-moi!... tue-moi!... Oh!

L'ÉTUDIANT

(*Qui a déchargé*).

Oui...

LA GRISETTE

(*Crispant pieds et mains*).

Ah!... ah!... ah!... j'ai bien joui... oui!... Et toi, tit chat?... Et toi?...

L'ÉTUDIANT

(*Retirant sa queue*).

Moi aussi...

LA GRISETTE

(Avec reproche).

Ah ! tu te retires !... Pourquoi ne l'as-tu pas laissé dans moi ?... Je ne l'aurais pas mangé, va !... Reste encore comme avant... là... ventre contre ventre... Déjà fini !... Ah ! c'est bête !... Ça devrait durer toute la vie...

(Silence... Les deux amants, toujours entrelacés, se becquetent tendrement encore, mais sans jouer des reins. La grisette serre avec énergie l'étudiant contre sa poitrine, en soupirant et en tressaillant sous les derniers frissons de la jouissance ; pour un peu, elle recommencerait ; déjà même, sa main, se faufilant sous les couilles de son amant, s'apprête à les chatouiller et à réveiller en elles le sperme qui dort ; mais l'étudiant, qui n'a que deux coups à son arc, se soustrait brusquement à cette invitation, en sautant à bas du lit).

L'ÉTUDIANT

Est-ce que je ne t'ai pas dit que j'avais à sortir ?

LA GRISETTE

(Étonnée).

Non... Vois comme tu es cochon... Quand tu l'as fait, tu me renvoyes !... C'est toujours la même chanson...

L'ÉTUDIANT

Puisque j'ai à sortir.

LA GRISETTE

(Toujours sur le lit, et pleurant à chaudes larmes).

Hi ! hi ! hi !... hi ! hi !...

L'ÉTUDIANT

(Contrarié).

Ah ! si tu pleures, nous allons joliment nous amuser.

LA GRISETTE

(*Toujours pleurant*).

Moi qui comptais tant que nous sortirions ensemble!... Hi! hi! hi!...

L'ÉTUDIANT

(*Avec impatience*).

Puisque je te dis que j'ai une commission pour ma mère!

LA GRISETTE

Elle vient donc d'arriver, ta mère?

L'ÉTUDIANT

Je ne te l'ai pas dit?...

LA GRISETTE

Tu me l'as dit la dernière fois... Ah! je suis pas heureuse, moi... Non... j'ai pas de chance... C'est comme la robe que tu m'avais promise...

L'ÉTUDIANT

Tu l'auras!...

LA GRISETTE

(*Sautant à bas du lit*).

Quand?... la semaine des quatre jeudis, n'est-ce pas?...

L'ÉTUDIANT

(*Allant à son secrétaire*).

Tiens, la voilà, ta robe!... (*Il lui jette avec colère une pièce de vingt francs.*)

LA GRISETTE

(*Éclatant de douleur*).

C'est pas comme ça que je la voulais!... c'est pas

comme ça !... Ah! mon Dieu!... mon Dieu!... (*Elle sanglotte et se pâme.*)

L'ÉTUDIANT

(*Courant à elle*).

Eh bien! quoi! tu vas te trouver mal à présent! Fanny! Fanny!... Pauvre chatte chérie... Réponds-moi... Fanny! Fanny!... Je t'en prie!... (*Il la prend dans ses bras, et la caresse tendrement*) Tu pleures!... Fi! que c'est vilain!... Voulez-vous bien vite essuyer ces vilaines larmes-là!...

LA GRISETTE

(*Riant d'un œil et pleurant encore de l'autre*).

Non! je pleure plus... je ris... tiens!... Et toi aussi, t'as pleuré... Baise-moi, et sois plus méchant, tit chat!... T'en veux plus, mais plus du tout!...

FIN.

DEUX GOUGNOTTES [1]

(1) Ce dialogue a été copié, en 1863, sur le manuscrit autographe, appartenant alors à M. Nadar, également illustre comme littérateur, photographe et aéronaute.

PERSONNAGES

MADAME DU CROISY, châtelaine.
MADAME LOUISE LAVENEUR.
MADAME HENRIETTE DE FRÉMICOURT.
JULIE, femme de chambre.

L'action, dans un château des bords de la Loire, en 1860.

DEUX GOUGNOTTES

SCENE PREMIERE

MADAME DU CROISY, MADAME DE FRÉMICOURT, MADAME DE LAVENEUR, JULIE.

(Madame du Croisy introduit ses deux amies dans l'appartement qui leur est destiné; Julie va et vient pour s'assurer que rien ne manque des choses indispensables dans une chambre à coucher).

MADAME DU CROISY

Vous serez très-mal ici, mesdames, et j'en souffre vraiment... mais c'est vous qui l'avez voulu...

MADAME LAVENEUR

Au contraire, chère madame, nous serons on ne peut mieux ici, je vous jure, on ne peut mieux.

MADAME DE FRÉMICOURT

Certainement.

MADAME DU CROISY

Vous aussi, madame, vous pensez être bien dans ce grand appartement?

MADAME DE FRÉMICOURT

Il est charmant, et nous y serons admirablement...

MADAME DU CROISY

Alors, souffrez que Julie reste dans l'antichambre, pour le cas où vous auriez besoin d'elle ; je serais plus rassurée sur votre compte...

MADAME LAVENEUR

(*Vivement*).

Non, non... nous ne redoutons rien... du moins, je n'ai pas peur...

MADAME DE FRÉMICOURT

Comment aurions-nous peur dans un château-fort comme celui-ci ? Car ce n'est pas une de ces maisons de campagne comme on en voit tant, si légères qu'un coup de vent les renverse... Nous sommes à l'abri de tout, ici, certainement.

MADAME LAVENEUR

Mais ce château n'a-t-il pas soutenu plusieurs siéges, autrefois ?

MADAME DE FRÉMICOURT

Je l'ai entendu dire, en effet.

MADAME DU CROISY

Pas du temps de M. du Croisy, que je sache. — Julie !

JULIE

Madame ?

MADAME DU CROISY

Avez-vous fait ce que je vous ai recommandé ?

JULIE

Oui, madame.

MADAME DE CROISY

Je vous abandonne donc, mesdames, à votre malheureux sort.

MADAME DE LAVENEUR

C'est cela, plaignez-nous...

MADAME DU CROISY

A demain donc.

MADAME DE FRÉMICOURT

A demain, chère madame.

MADAME DU CROISY

A demain.

MADAME DE LAVENEUR

Et bonne nuit.

MADAME DE FRÉMICOURT

Bonne nuit.

MADAME DU CROISY

Bonne nuit.

(Madame du Croisy sort avec Julie, laissant mesdames Laveneur et de Frémicourt seules dans leur appartement).

SCENE DEUXIEME

LOUISE DE LAVENEUR ET HENRIETTE DE FRÉMICOURT

(*Seules. Tout en causant elles se déshabillent et se mettent au lit*).

HENRIETTE DE FRÉMICOURT

Il est certain, chère madame, que nous serons ici on ne peut mieux ; n'est-ce pas?

LOUISE LAVENEUR

J'ai toujours adoré les grands appartements.

HENRIETTE

On a de l'air dans un grand appartement, on a de l'espace, on respire, on vit. — Vous avez à Paris, m'a-t-on dit, madame, une délicieuse habitation ?

LOUISE

Pour Paris.

HENRIETTE

Plusieurs dames de mes amies ont été de cet avis.

LOUISE

Ces dames sont bien bonnes. Cette habitation est une folie de mon mari, à laquelle je me répens tous les jours de m'être associée.

HENRIETTE

Quelle place au lit préférez-vous, dites-moi ?

LOUISE

Aucune; je les trouve toutes bonnes.

HENRIETTE

Bien vrai?

LOUISE

Je vous jure.

HENRIETTE

J'aime à croire que vous ne faites point de cérémonies?

LOUISE

Je n'en fais jamais.

HENRIETTE

J'avais une frayeur... mais une frayeur atroce, que cette fille restât ici.

LOUISE

Toutes les fois qu'il m'est arrivé de faire coucher ma femme de chambre dans mon voisinage, toujours il m'a été impossible de dormir.

HENRIETTE

Elle ronflait, peut-être?

LOUISE

Comme un soufflet de forge. C'était odieux!

HENRIETTE

Ne puis-je vous être d'aucune utilité?

LOUISE

Mille fois trop bonne, en vérité!

HENRIETTE

Je me mets entièrement à votre disposition.

LOUISE

A charge de revanche, je vous en prie.

HENRIETTE

Vous aviez une toilette charmante.

LOUISE

Oh ! bien simple, bien simple...

HENRIETTE

Excessivement distinguée.

LOUISE

Que j'aime cette bonne madame du Croisy !

HENRIETTE

Je l'aime beaucoup aussi.

LOUISE

Ma tante l'adorait. — Vos cheveux sont magnifiques !...

HENRIETTE

Vous me flattez.

LOUISE

Pas le moins du monde. Jamais je n'en ai vu de plus beaux. J'en suis jalouse.

HENRIETTE

J'en ai beaucoup perdu, et cependant j'en ai toujours eu grand soin.

LOUISE

On le voit.

HENRIETTE

(Se mettant au lit).

Je me mets au lit.

LOUISE

Je ne vais pas tarder à vous rejoindre. — Étiez-vous déjà venue à Lusignan ?

HENRIETTE

Une fois, avec ma tante ; j'étais petite fille, c'est à peine si je me le rappelle. — Pauvre tante ! — Le croiriez-vous, je suis si souffrante ! tantôt en descendant de voiture...

LOUISE

Vraiment ?

HENRIETTE

Je me demandais si je me mettrais à table... Tout-à-fait mal à mon aise !

LOUISE

Pourquoi n'en avoir rien dit ?

HENRIETTE

Je n'ai point osé.

LOUISE

Vous avez eu tort.

HENRIETTE

J'ai si peur d'avoir l'air de me rendre intéressante ! J'ai bien fait, et m'en applaudis à présent ; ce n'était rien ; à peine sortie de table, je n'y ai plus pensé.

LOUISE

Et à présent ?

HENRIETTE

Je n'y pense plus. — Je l'ai remarqué, chaque fois que j'ai le malheur de changer mes habitudes, c'est un tribut qu'il faut que je paye ; je suis faite pour rester chez moi. Non, décidément, je n'aime pas la campagne, je commence à le croire.

LOUISE

Le grand air, peut-être, produit sur vous cet effet.

HENRIETTE

Je le crois.

LOUISE

(*Sur le point de monter dans le lit*).

Voulez-vous, chère madame, me faire l'honneur de m'accepter ?

HENRIETTE

Comment donc ! mais avec le plus grand plaisir. — Prenez ma place, je vous prie.

LOUISE

Du tout, du tout, je n'en ferai rien.

HENRIETTE

Pourquoi ?

LOUISE

Je n'en ferai rien, vous dis-je ; je suis ici on ne peut mieux.

HENRIETTE

J'étais loin de m'attendre à cette bonne fortune..... C'est une surprise dont je sais infiniment de gré à la maîtresse de la maison.

LOUISE

Il y a si longtemps que je lui avais manifesté le désir de me rencontrer avec vous !

HENRIETTE

Mais c'est divin ce que vous me dites là ?

LOUISE

Elle ne pouvait rien faire qui me fût plus agréable.

HENRIETTE

J'espère, chère madame, justifier un jour l'excellente opinion que vous avez conçue de moi.

LOUISE

C'est déjà fait.

HENRIETTE

Vous me rendez bien fière !...

LOUISE

Comme ce château est calme !

HENRIETTE

N'est-ce pas ? On se croirait au bout du monde.

LOUISE

Vous ne redoutez pas l'obscurité ?

HENRIETTE

Au contraire.

LOUISE

Puis-je souffler la bougie ?

HENRIETTE

Je n'osais vous en prier.

LOUISE

Vous aviez grand tort. (*Elle souffle la bougie.*) Comment vous trouvez-vous, à présent ?

HENRIETTE

Admirablement. J'ai toujours trouvé qu'on est bien plus seule encore dans l'obscurité.

LOUISE

Je suis de votre avis.

HENRIETTE

Vous avez envie de dormir ?

LOUISE

Pas du tout ; et vous, madame ?

HENRIETTE

Pas le moins du monde.

LOUISE

Causons un peu, alors.

HENRIETTE

Volontiers.

LOUISE

Approchez-vous de moi...

HENRIETTE

Je crains de vous gêner.

LOUISE

Quelle folie! vous êtes à cent lieues... Encore, encore... — Vous imposé-je? Je ne le pense pas...

HENRIETTE

Non, chère madame.

LOUISE

Encore... encore... avancez encore!...

HENRIETTE

Je ne puis davantage.

LOUISE

Vous semblez avoir froid.

HENRIETTE

Vous croyez?

LOUISE

J'en suis sûre. Vos petits pieds sont de marbre.

HENRIETTE

J'ai toujours eu froid aux pieds.

LOUISE

Moi aussi, quand j'étais demoiselle.

HENRIETTE

Et à présent?...

LOUISE

C'est bien rare.

HENRIÉTTE

Quel silence !

LOUISE

Le silence le plus profond. Vous n'avez pas peur ?

HENRIETTE

Peur ! et de quoi ? — Comme il doit être tard !...

LOUISE

Jamais on ne couche ici. Que je souffre donc de vous savoir si froid aux pieds !

HENRIETTE

J'en ai l'habitude.

LOUISE

Je vais les réchauffer aux miens ; voulez-vous ?

HENRIETTE

Mais vraiment, chère madame, vous avez pour moi mille fois trop de bontés.

LOUISE

Vos ravissants petits petons !

HENRIETTE

Que vous êtes bonne !

LOUISE

C'est qu'aussi vous le méritez bien ! Comment vous trouvez-vous, à présent ?

HENRIETTE

Je me sens déjà mieux.

LOUISE

Vous avez moins froid ?

HENRIETTE

Plus du tout.

LOUISE

Vos bons et adorables petits pieds !

HENRIETTE

Vous n'avez rien à m'envier de ce côté-là.

LOUISE

Savez-vous que nous nous faisons des compliments comme des amoureux?...

HENRIETTE

Mais oui...

LOUISE

C'est singulier, toujours vous m'avez inspiré beaucoup de sympathie.

HENRIETTE

Vraiment !

LOUISE

Et cela, dès le premier jour.

HENRIETTE

J'allais vous avouer la même chose.

LOUISE

Et dire que si nous nous étions rencontrées ici, peut-être serions-nous restées des éternités sans nous le dire!

HENRIETTE

Jamais je n'eusse osé.

LOUISE

Et pourquoi ?

HENRIETTE

Si vous saviez combien, depuis mon mariage, je suis devenue réservée !

LOUISE

En vérité ?

HENRIETTE

Mon mari ne me permet pas de dire un mot.

LOUISE

Il a l'air si doux.

HENRIETTE

Mais il est si indifférent !

LOUISE

Vous m'étonnez.

HENRIETTE

Il est de glace.

LOUISE

Il me semble aux petits soins pour vous.

HENRIETTE

Devant le monde, oui.

LOUISE

Et en tête-à-tête ?

HENRIETTE

Il ne dit rien, pas un mot... Au reste, il ne m'inspire aucune confiance...

LOUISE

Pauvre chère petite madame !

HENRIETTE

C'est au point que, souvent, quand il m'arrivait de vouloir l'embrasser... j'en avais grande envie...

LOUISE

Eh bien ?...

HENRIETTE

Je n'osais point...

LOUISE

Parceque ?...

HENRIETTE

Je ne savais si cela lui ferait plaisir. — Et si je vous disais...

LOUISE

Quoi donc ?...

HENRIETTE

Non !... à quoi bon ?

LOUISE

Pourquoi ne pas me le dire ?

HENRIETTE

Vous m'embarrassez.

LOUISE

Ai-je donc l'air si sévère ? — Vous me permettrez de n'en rien croire.

HENRIETTE

Si fait, je vous assure... — Et le vôtre ?

LOUISE

N'en parlons pas, je vous en prie. Je n'ai pas assez de bien à en dire ; aussi ai-je fini par en prendre mon parti...

HENRIETTE

Comment cela ?...

LOUISE

Figurez-vous, chère madame, des semaines entières...

HENRIETTE

Sans vous embrasser ?

LOUISE

Oui.

HENRIETTE

Mais c'est affreux !...

LOUISE

Et le vôtre ? Souvent aussi des semaines entières...

HENRIETTE

Sans me faire la moindre caresse ; dans l'intérêt de ma santé, à ce qu'il dit...

LOUISE

Ces messieurs disent tous la même chose...

HENRIETTE

Et la conduite qu'ils mènent aujourd'hui, comment la trouvez-vous ?

LOUISE

Originale.

HENRIETTE

Moi, je la trouve odieuse ; d'autant plus odieuse qu'ils savaient parfaitement que nous arrivions aujourd'hui. Mais non ! ces messieurs n'ont pas voulu remettre leur partie. Ils s'en sont allés chasser, emmenant tout ce qu'il y avait d'hommes au château, ne prenant aucun souci de nous, et qui sait si, dans l'abandon où ils nous laissent, des gens mal intentionnés ne vont pas profiter de l'occasion pour nous surprendre... Cela pourrait bien arriver !

LOUISE

Vous me faites frémir !

HENRIETTE

J'espère qu'il n'en sera rien...

LOUISE

Je l'espère aussi.

HENRIETTE

Comme ils se ressemblent bien tous !

LOUISE

N'est-ce pas ?

HENRIETTE

Une fois qu'ils ont obtenu ce qu'ils désirent...

LOUISE

Ils parlent d'autre chose...

HENRIETTE

Ou s'endorment !...

LOUISE

Ils sont tous taillés sur le même patron.

HENRIETTE

Il faut nous résigner.

LOUISE

C'est triste.

HENRIETTE

Que voulez-vous !...

LOUISE

Dites-moi, chère madame, voyez-vous encore quelquefois vos anciennes amies de pension ?

HENRIETTE

Bien rarement.

LOUISE

Les aimiez-vous ?

HENRIETTE

Le nombre en était restreint de celles que j'aimais ; mais je les aimais beaucoup... une, surtout...

LOUISE

Mariée ?

HENRIETTE

Depuis deux mois.

LOUISE

J'en avais quelques-unes aussi, que j'ai conservées; une surtout que je vois encore et que je préfère à toutes... Elle n'est pas mariée...

HENRIETTE

Elle désire l'être?

LOUISE

Non.

HENRIETTE

Pourquoi?

LOUISE

Elle a peur des enfants.

HENRIETTE

Ah! oui, les vilains enfants!

LOUISE

Ils nous tuent.

HENRIETTE

Vous en avez?...

LOUISE

Je n'en ai jamais eu.

HENRIETTE

Ni moi. — Comme j'ai chaud à présent!...

LOUISE

Tant mieux, et j'en suis enchantée!

HENRIETTE

Et cela grâce à vous!...

LOUISE

Nous n'avons donc plus froid à nos gentils petits petons?

HENRIETTE

Plus du tout. — Que vous êtes bonne, et comme vous me gâtez !...

LOUISE

Non, je vous traite comme une adorable petite créature que vous êtes.

HENRIETTE

Ah !...

LOUISE

Quoi donc ?

HENRIETTE

Vous me chatouillez...

LOUISE

Vous êtes chatouilleuse ?

HENRIETTE

Beaucoup.

LOUISE

Comme toutes les blondes.

HENRIETTE

J'aurais tant aimé être brune !

LOUISE

Quelle idée !

HENRIETTE

Je serais homme, je n'aimerais que les brunes.

LOUISE

Les blondes sont plus aimantes, dit-on...

HENRIETTE

Le croiriez-vous ?...

LOUISE

Je suis tentée de le croire.

HENRIETTE

Quelle preuve en avez-vous?

LOUISE

Ma petite amie, celle dont je vous ai parlé...

HENRIETTE

Celle qui n'est point mariée?...

LOUISE

Oui, ma petite Nini...

HENRIETTE

Elle est blonde?

LOUISE

Comme vous, de votre nuance, cendrée, que je trouve adorable!...

HENRIETTE

Et elle est aimante?...

LOUISE

Si elle est aimante?

HENRIETTE

Oui?...

LOUISE

C'est-à-dire que lorsqu'il m'arrive de quitter Paris, ce qui a lieu bien rarement, elle est désolée, et si je suis deux jours sans lui donner de mes nouvelles, elle est aux abois, elle pleure, elle se désespère, elle vous ferait pitié...

HENRIETTE

Pauvre demoiselle!

LOUISE

Elle ne peut rassembler deux idées... Puis, quand elle me revoit...

HENRIETTE

Elle est enchantée?...

LOUISE

Il lui prend des crises, des transports qui feraient craindre pour sa raison, si on ne la connaissait pas. Ce que je vous dis est à la lettre...

HENRIETTE

Comment se traduisent ses accès? Elle vous embrasse?...

LOUISE

Elle me mange de caresses, elle me dévore!...

HENRIETTE

Et vous, chère madame, et vous?

LOUISE

Chut!

HENRIETTE

Pourquoi ne pas me le dire, oui, pourquoi?...

LOUISE

Je vous le dirai.

HENRIETTE

Quand?... Quand me le direz-vous?...

LOUISE

Plus tard; si jamais nous devenons bonnes amies.

HENRIETTE

Nous le deviendrons, n'est-ce pas? nous le deviendrons; le pensez-vous?

LOUISE

Je l'espère...

HENRIETTE

J'en serais bien heureuse!

LOUISE

Pas plus que moi.

HENRIETTE

Aussi, quand il a été décidé que nous passerions la nuit ensemble...

LOUISE

Quel effet a produit sur vous cette résolution ?

HENRIETTE

Un plaisir! mais un plaisir... que je n'osais y croire !...

LOUISE

C'est on ne peut plus aimable ce que vous me dites là !...

HENRIETTE

Je le dis comme je le pense.

LOUISE

Combien je suis ravie de vous voir dans ces bonnes dispositions ! — Mais qu'avez-vous ? je vous sens toute tremblante...

HENRIETTE

Je ne sais...

LOUISE

Venez que je vous confesse. Dites-moi un peu ce que vous avez ?...

HENRIETTE

J'ai peur...

LOUISE

Peur ? et de quoi ? — Voyons, que je vous rassure ; n'auriez-vous pas confiance en moi, que vous avez si peur ?

HENRIETTE

Oh ! si fait ! si fait ! je vous jure.

LOUISE

Pourquoi donc alors être si émue ?

HENRIETTE

J'ai tort...

LOUISE

Certainement, et grand tort. Venez, que je baise vos beaux yeux ; dites, le voulez-vous ?

HENRIETTE

Oh ! oui, oui, je vous en prie !... Je suis sûre que cela me fera du bien...

LOUISE

Bon petit trésor adoré !... Baisez-moi, vous aussi...

HENRIETTE

Avec grand plaisir !...

LOUISE

Prouvez-moi que vous m'aimerez un jour...

HENRIETTE

Je vous aime déjà, et beaucoup !

LOUISE

Bien vrai ? Comme ma petite Nini ?...

HENRIETTE

Je doute qu'elle puisse vous aimer davantage...

LOUISE

Je voudrais pouvoir vous montrer comme elle m'embrasse...

HENRIETTE

Pourquoi ne pas le faire ? Oh oui ! oui ! montrez-le moi, je vous en prie, montrez-le moi !...

LOUISE

Comme ceci... J'approche mes lèvres des siennes... Eh bien ?

HENRIETTE

Ah ! chère madame !...

LOUISE

Qu'avez-vous éprouvé ?

HENRIETTE

Comme vous m'avez rendue heureuse !

LOUISE

Donne ta bouche, ange adoré ! ton joli petit bec... Encore ! encore ! veux-tu ?...

HENRIETTE

Oui ! oui ! toujours ! toujours !...

LOUISE

Eh bien ?

HENRIETTE

Je suis bien heureuse !... bien heureuse !...

LOUISE

Comment nous trouvons-nous de ces bonnes petites caresses ?

HENRIETTE

C'est à en devenir folle !

LOUISE

Veux-tu le devenir ? dis, cher ange, le devenir tout à fait ?

HENRIETTE

Oh ! oui ! oh ! oui !...

LOUISE

Tiens, ma minette, tiens !

HENRIETTE

Ah ! je suis morte !...

LOUISE

Comme ta bouche est fraîche !...

HENRIETTE

Que c'est donc bon !...

LOUISE

Es-tu ma petite femme ?...

HENRIETTE

Oui ! oui !

LOUISE

Tu es bien à moi ?...

HENRIETTE

Oui, oui, bien à vous !

LOUISE

Plus de vous entre nous, ma mignonne; plus de vous, cher cœur, je t'en prie; dis que tu es à moi, bien à moi!

HENRIETTE

Bien à toi, toute à toi, tout mon être, tout mon moi!...

LOUISE

Que je te baise, que je te baise encore... Dis-moi, dis moi de te baiser !...

HENRIETTE

Baise-moi ! baise-moi ! toujours ! toujours ! encore !

LOUISE

Ta petite amie te procure-t-elle autant de bonheur ?

HENRIETTE

Je n'ai jamais pu obtenir d'elle rien de ce que je rêvais.

LOUISE

Elle ne t'a pas devinée ?

HENRIETTE

Jamais je n'ai pu que l'embrasser, et encore...

LOUISE

Comment ?

HENRIETTE

Pas comme j'aurais voulu...

LOUISE

Pas comme moi ?

HENRIETTE

Mon bel ange, que je te baise encore, pour te bien montrer comme j'aurais désiré le faire... Tiens, tiens, tiens... mes lèvres embrassant les tiennes... Mourir sur ta bouche... voilà ce que je voudrais... Tiens, tiens, comme je le fais...

LOUISE

Comme nous le faisons, mignonne.

HENRIETTE

Dis-moi, mon ange ?...

LOUISE

Quoi, chère minon-minette ?

HENRIETTE

Dis-moi tout ce que vous faites avec ta petite Nini. Je veux tout savoir !... Ne me cache rien, je t'en prie ! Vous embrassez-vous aussitôt au lit ?

LOUISE

Pas tout de suite...

HENRIETTE

Que faites-vous, dis, que faites-vous ?

LOUISE

Nous nous mettons toutes nues.

HENRIETTE

Ce que je n'osais te demander...

LOUISE

Enfant ! et pourquoi ?

HENRIETTE

Veux-tu que j'ose ?

LOUISE

Donne-moi ta main.

HENRIETTE

Tu es toute nue !... Rallume, je t'en prie, rallume, que je t'admire !

LOUISE

(Après avoir rallumé la bougie).

Voilà.

HENRIETTE

Comme tu es belle ! Laisse-moi bien te voir, t'admirer à mon aise !...

LOUISE

Nous ne nous étions point encore vues...

HENRIETTE

Que depuis que nous sommes l'une à l'autre...

LOUISE

Comment ! tout cela est à moi ?...

HENRIETTE

Tout est à toi ! tout mon être ! ma vie ! toute à toi ! toute !

LOUISE

Que tu es bonne !

HENRIETTE

Votre petite langue... dans ma bouche, donnez, donnez!

LOUISE

Tenez, tenez, gourmande...

HENRIETTE

Je suis aux anges! Tiens, tiens, dans ma bouche ton petit nénet...

LOUISE

Donne le tien, ma mie, le tien dans la mienne!...

HENRIETTE

Suce! suce! bonne chatte! suce!

LOUISE

Oh! mamie, mamie, je le fais!... je... le... fais... M'as-tu sentie?...

HENRIETTE

Oui! oui!

LOUISE

Ta main, mamie, ta main!

HENRIETTE

Tout humide...

LOUISE

Voyons chez vous, chère madame... Oh! cher cœur! tu l'es plus que moi encore...

HENRIETTE

Sommes-nous assez heureuses!...

LOUISE

Et point d'enfants à craindre!...

HENRIETTE

Et nos maris?...

LOUISE

Traitons-les comme ils le méritent : faisons-les cocus!...

HENRIETTE

Où vas-tu, cher trésor, où vas-tu?

LOUISE

Laisse-moi, ma reine, laisse-moi tout visiter, comme à ma petite Nini.

HENRIETTE

Que fais-tu mamie? que me fais-tu? que veux-tu?...

LOUISE

Te montrer combien je t'aime!

HENRIETTE

Ah! mon ange, tu me combles!... je... je me... je me meurs... ah! ah!... tu m'as tuée... tu m'as tuée... Que m'as-tu fait, Louise, que m'as-tu fait!...

LOUISE

Ce que tu vas me faire... Viens, viens, je t'en prie...

HENRIETTE

Oui, mais souffle la bougie...

LOUISE

Je ne te verrais plus...

HENRIETTE

Tu as raison.

LOUISE

Tu ne m'en veux pas, cher trésor, des jolies petites choses que je me suis permises?...

HENRIETTE

Je serais bien ingrate... Et la preuve c'est que je vais te rendre la pareille...

LOUISE

Mets-toi bien à ton aise, mon Henriette.

HENRIETTE

Oui, mignonne.

LOUISE

Ta petite tête est-elle bien?

HENRIETTE

Ne t'occupe pas de moi... Me sens-tu?

LOUISE

Oui, trésor, je sens ta bonne petite langue. Ah! que c'est bon... que c'est donc bon! Va, va, mon ange chéri; va, va... ne me quitte pas!... suce, suce! promène ta petite langue, promène-la comme je fais... Merci! merci! viens me baiser! viens que je la baise, ta bonne bouche fraîche, tout humide de moi...

HENRIETTE

Vous êtes satisfaite, chère madame, de votre petite élève?

LOUISE

Ma petite élève est une petite...

HENRIETTE

Une petite...

LOUISE

Une petite cochonne.

HENRIETTE

Nous sommes deux petites cochonnes!

LOUISE

Tu as été heureuse?

HENRIETTE

Si heureuse, que je n'ose le croire!

LOUISE

Tu n'avais encore rien goûté?...

HENRIETTE

Si peu, comparé à ce que tu m'as fait éprouver...

LOUISE

Avais-tu jamais rêvé ce que nous avons fait?

HENRIETTE

Toujours je l'ai désiré, mais je n'osais espérer rencontrer jamais quelqu'un qui me comprît comme tu m'as comprise, chère bonne!...

LOUISE

Que désirais-tu, mamie, dis-le-moi, je t'en prie; que désirais-tu?

HENRIETTE

Te baiser partout, comme je te baise... C'est ta bouche, que je voulais baiser, tes yeux, ta gorge, tout, comme je le fais...

LOUISE

Viens le faire encore; dis, veux-tu?...

HENRIETTE

Toujours... nous le ferons ensemble toujours...

LOUISE

Suçons-nous...

HENRIETTE

Je commence.

LOUISE

Comme tu me suces bien!

HENRIETTE

Pas mieux que toi... Va, va, mon chat; plus vite, plus vite!... tue-moi!... tue-moi!... comme si tu étais mon petit homme!... ah! ah! maman! ma...man! ah! ah!... ah!... Je suis morte... tu m'as... tuée!... tuée!... ah!... que c'est bon!... mon Dieu!... je suis... mor...te... Ah!...

LOUISE

Tu n'aimeras jamais que moi?

HENRIETTE

Je te le promets.

LOUISE

Dis-moi, bonne chatte, je voudrais une chose...

HENRIETTE

Que voudrais-tu que je puisse te donner? Cherche dans tout ce que je possède... Que peux-tu désirer que je ne t'aie donné?

LOUISE

Je voudrais, te dis-je, une chose...

HENRIETTE

Quelle chose?

LOUISE

Que nous disions...

HENRIETTE

Que veux-tu que je disc?

LOUISE

Des vilains mots...

HENRIETTE

Je n'en sais pas.

LOUISE

Si, si! t'en prie, t'en prie!...

HENRIETTE

On n'en disait pas à la pension.

LOUISE

On en disait à la mienne...

HENRIETTE

Commence.

LOUISE

Bonne minette, quel genre de caresse voudrais-tu me faire ?

HENRIETTE

Je te les ai toutes faites.

LOUISE

Nomme-m'en une... non, ne me la fais pas... dis-la moi... Que voudrais-tu me faire ?

HENRIETTE

Je voudrais...

LOUISE

Quoi, mon ange ? que voudrais-tu me faire, qui nous rendrait toutes deux bien heureuses ?... Et plus heureuses encore, si je l'entendais... Dis, chère minette, dis ?

HENRIETTE

Je n'ose pas...

LOUISE

T'en prie... dis-le tout haut !...

HENRIETTE

Je voudrais te sucer...

LOUISE

Nous l'avons dit. Une chose, mamie, que nous n'avons point dite : que voudrais-tu me sucer ?

HENRIETTE

Ton petit cucu...

LOUISE

Mon petit cucu?

HENRIETTE

Oui, ton petit cucu...

LOUISE

Ce n'est pas à mon petit cucu que tu touches du doigt... Comment appelles-tu ce que tu touches ?

HENRIETTE

Je ne sais.

LOUISE

Bien vrai ?

HENRIETTE

Je te jure.

LOUISE

C'est mon petit con, ma minette chérie, mon petit con. — Dis mon con, trésor, mon petit con !...

HENRIETTE

Ton petit con.

LOUISE

Donne ton bec pour te remercier, ton cher petit bec ! — Dis-le encore ce mot, si joli dans ta bouche : mon con... dis : mon con.

HENRIETTE

Ton con, mon ange, ton bon petit con !

LOUISE

Voudrais-tu m'enfiler, mon petit homme ?

HENRIETTE.

Oui, oui, je t'enfilerais !

LOUISE

Que mettrais-tu dans mon con, en m'enfilant?

HENRIETTE

Mon machin.

LOUISE

Quel machin? ou plutôt quelle machine? son nom, t'en prie, son nom, à la machine? — Si je te le dis, le répéteras-tu?

HENRIETTE

Tout de suite.

LOUISE

Ma pine.

HENRIETTE

Ta pine.

LOUISE

C'est une pine, mamie; avec ta pine, ta pine dans mon con, ta grosse pine!...

HENRIETTE

Ta belle pine, ta grosse pine dans mon con...

LOUISE

Tu me la sucerais, ma pine?

HENRIETTE

Je te la sucerais, je la mettrais tout entière dans ma bouche, comme je mets ma langue dans ton con..... Écarte les jambes, que je l'y mette encore...

LOUISE

Tiens, tiens, tiens!...

HENRIETTE

Merci! merci! comme je le suce, ton joli con!...

LOUISE

Pourquoi ne sucerai-je point le tien? Attends que je m'y mette.. J'y suis!...

HENRIETTE

Je n'ai jamais tant désiré une pine !...

LOUISE

Écarte bien mes lèvres avec tes doigts pour bien faire entrer ta langue, comme je te le fais... Bien, bien... va vite, va vite !... Bien... bien... cochonne... je décharge... Le faire, mamie, c'est décharger...

HENRIETTE

Je décharge, je décharge...

LOUISE

Nous déchargeons...

HENRIETTE

Dans nos bouches, mamie, dans nos bouches !...

LOUISE

Recommençons, sans nous quitter.

HENRIETTE

Oh oui ! oh oui ! Tiens ! tiens !...

LOUISE

Jouis-tu comme moi ?

HENRIETTE

Mieux qu'avec une pine...

LOUISE

Dans un con... va, mamie, va... plus vite !

HENRIETTE

Dans nos deux cons... Tu jouis ?

LOUISE

Dis toujours ta pine... ta... pi...ne...

HENRIETTE

Ta pine, ma pine... ma grosse pine...

LOUISE

Je le fais, je le fais... et toi, trésor?

HENRIETTE

Je décharge... Suce encore!

LOUISE

Suce aussi... Bien, bien.... con... pine... con... pine... mon con...

HENRIETTE

Ma pine... mon vit... Dis mon vit...

LOUISE

Mon vit, ma pine et mon con... Mon con et ta pine... Tu savais mon vit... où l'as-tu su?...

HENRIETTE

J'ai entendu ma femme de chambre disant à son mari : « Ton vit; » puis : « Pinons! »

LOUISE

Pinons aussi, et déchargeons!

HENRIETTE

Comment?

LOUISE

Oui, déchargeons... Quand on le fait, et que la liqueur s'épanche, on décharge.

HENRIETTE

Je décharge!

LOUISE

Tiens, tiens, tiens, tes belles fesses que je baise! Tes tétons qui raidissent... qui raidissent comme des pines!... J'en décharge... j'en... dé... dé...charge... Ah! ah! je suis morte... mor...te...

HENRIETTE

Marions-les, nos deux langues qui nous ont rendues si heureuses.

LOUISE

Mamie, nous pinons sans piner...

HENRIETTE

Je suis rompue.

LOUISE

Je le ferais encore !

HENRIETTE

Soyons raisonnables.

LOUISE

Non, je voudrais mourir en le faisant... Sens-tu ma bouche sur ton con?...sens-tu ma langue dans ton con?... la sens-tu, comme je l'entre ?

HENRIETTE

Enfonce-la bien, comme un vit!... oui, oui, je la sens!...

LOUISE

Un vit, un gros vit... Une grosse pine... ta grosse pine!... Comme je te voudrais une grosse pine à moi, à moi toute seule!... que n'en as-tu une! Ta pine, je la sucerais!..

HENRIETTE

Roulons-nous dans nos bras... serre-moi, serre-moi bien !

LOUISE

Tu m'enroules, petit serpent !

HENRIETTE

Si l'on venait, mamie, si l'on venait...

LOUISE

Nous ne serions point surprises, ne crains pas.

HENRIETTE

Tu crois ?

LOUISE

J'ai pris mes précautions.

HENRIETTE

Tu pensais donc...

LOUISE

Oui, que je te ferais toutes les caresses que je t'ai faites ; et pourtant je n'osais le croire...

HENRIETTE

Si je m'y étais refusée ?...

LOUISE

Je me jetais par la fenêtre, si je n'avais pas eu assez de force pour arriver à mes fins !...

HENRIETTE

Je comptais sur ton sommeil pour te mettre la main à ton con, mais si doucement que tu aurais cru le faire seule...

LOUISE

J'avais la même idée.

HENRIETTE

Ces belles et bonnes fesses que je n'ai point assez baisées !...

LOUISE

Ni moi les tiennes !

HENRIETTE

Dormons.

LOUISE

Oui... mais nos doigts dans nos cons...

HENRIETTE

Dans nos cons, comme des pines!

LOUISE

Les pines nous manquent.

HENRIETTE

Mais les hommes point.

LOUISE

Quels égoïstes!

HENRIETTE

Quand ils l'ont fait, ils nous quittent.

LOUISE

Ils débandent.

HENRIETTE

Tu dis?...

LOUISE

Ils débandent : leurs pines sont molles et elles se retirent...

HENRIETTE

J'aurais tant aimé dormir...

LOUISE

Une pine dans ton con?

HENRIETTE

Oui.

LOUISE

Dis-le!

HENRIETTE

Une grosse pine dans mon con.

LOUISE

Les aimes-tu ?

HENRIETTE

Les grosses pines? Je les aimerais, oui !

LOUISE

Ton mari ?...

HENRIETTE

Petite pine...

LOUISE

La pine du mien me blesse ; elle est énorme.

HENRIETTE

Je n'ose la lui prendre, au mien...

LOUISE

Comme moi... Tu as plus de poils, et ils sont plus longs que les miens.

HENRIETTE

Laisse, laisse, mamie, tu me le ferais faire encore...

LOUISE

Tu déchargerais ?...

HENRIETTE

Je déchargerais toujours; c'est si bon !

LOUISE

Tu m'aimes ?...

HENRIETTE

Comme je n'ai jamais aimé! Je t'aime pour te faire plaisir ; j'aime à te voir jouir... Tu es si belle quand tu jouis !...

LOUISE

Tes yeux sont à demi fermés... Viens que je les baise encore, mes beaux yeux !...

HENRIETTE

Ils sont bien à toi.

LOUISE

Comme ton con ?

HENRIETTE

Nos deux cons !...

LOUISE

Dis-moi, mamie ?

HENRIETTE

Que veux-tu ?...

LOUISE

Jouis-tu avec une vraie pine ?...

HENRIETTE

Je n'ai jamais bien joui... Quand j'allais jouir...

LOUISE

Elle se retirait ?...

HENRIETTE

Avant que je le fisse...

LOUISE

Que faisais-tu, alors?

HENRIETTE

Je me touchais...

LOUISE

Comment ?

HENRIETTE

Donne ta main, que je la dirige...

LOUISE

Tu te branlais ?...

HENRIETTE

Oui, je me branlais, pour en finir.

LOUISE

T'ai-je bien branlée ?...

HENRIETTE

Oh oui ! bien branlée ! Comment, mamie, ça s'appelle, quand on branle avec sa langue ?

LOUISE

Faire minon-minette.

HENRIETTE

Je t'ai fait minon-minette !

LOUISE

Tu me le feras encore ?

HENRIETTE

Toujours... Et toi ?

LOUISE

Aussi.

HENRIETTE

C'est si bon !

LOUISE

N'est-ce pas ?

HENRIETTE

Ton mari ne te l'a pas fait?

LOUISE

Jamais.

HENRIETTE

Ni le mien. Et ta Nini ? Tu lui as fait minon-minette ?

LOUISE

Oui.

HENRIETTE

Elle aime cela ?

LOUISE

Ça la rend malade; sans cela...

HENRIETTE

Pauvre minette!... Elle te le fait?...

LOUISE

Elle adore me le faire. Plus je jouis, plus elle est heureuse...

HENRIETTE

A-t-elle un joli con?

LOUISE

Ce n'est pas le tien.

HENRIETTE

Je n'aimerais pas une amie qui n'aimerait pas à le faire.

LOUISE

Elle l'aimerait; mais si je le lui fais deux fois, elle est huit jours au lit.

HENRIETTE

Tu la branles?

LOUISE

Je suce ses tétons en la branlant.

HENRIETTE

Elle décharge?...

LOUISE

Comme nous n'avons jamais déchargé. Et la tienne, ta petite amie, que lui fais-tu?

HENRIETTE

Croirais-tu que je n'ai jamais pu la sucer?

LOUISE

Lui sucer le con?

HENRIETTE

Jamais je n'ai sucé son con.

LOUISE

Tu l'as branlée, ne me le cache pas?

HENRIETTE

Nous nous branlons.

LOUISE

Eh bien?

HENRIETTE

C'est la croix et la bannière pour arriver là!

LOUISE

L'aimes-tu toujours?

HENRIETTE

Oses-tu me le demander! A présent, je la déteste.

LOUISE

Si j'avais une pine...

HENRIETTE

Je dormirais ta pine dans mon con; et toi?

LOUISE

Mon vit dans tes cuisses ou dans ton con.

HENRIETTE

Dormons nos doigts dans nos cons.

LOUISE

Nous les y avons.

HENRIETTE

A demain, trésor!

LOUISE

A demain.

HENRIETTE

Demain, en nous réveillant, que ferons-nous ?

LOUISE

Nous recommencerons.

FIN

TABLE

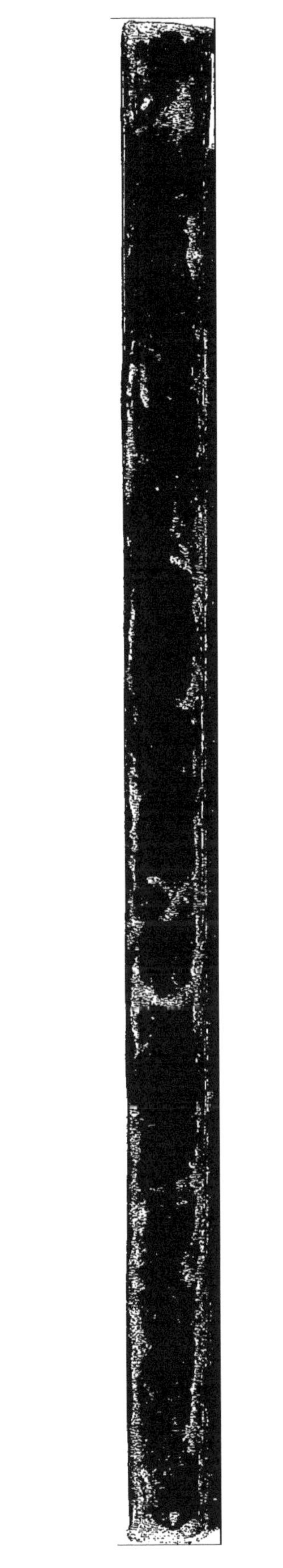

www.ingramcontent.com/pod-product-compliance
Ingram Content Group UK Ltd.
Pitfield, Milton Keynes, MK11 3LW, UK
UKHW021007200726
13857UKWH00004B/1334